U0117110

新农村

防病知识丛书

饮用水卫生

主　编　郑寿贵　夏时畅

副主编　王翠蓉　郭俊香　叶晓东

编　委　（按姓氏笔划为序）

王会存　王翠蓉　叶晓东　汪松波

郑寿贵　郑海鸥　郭俊香　夏时畅

黄礼兰　蒋能明

主　审　李树猷

插　图　吴　超　郑海鸥

人民卫生出版社

图书在版编目（CIP）数据

饮用水卫生 / 郑寿贵等主编. —北京：人民卫生出版社，2008.11

（新农村防病知识丛书）

ISBN 978-7-117-10658-0

Ⅰ. 饮… Ⅱ. 郑… Ⅲ. 农村给水－饮用水－给水卫生

Ⅳ. R123.9

中国版本图书馆CIP数据核字（2008）第147520号

新农村防病知识丛书
饮用水卫生

主 编：	郑寿贵　夏时畅	
出版发行：	人民卫生出版社（中继线 010-67616688）	
地 址：	北京市丰台区方庄芳群园 3 区 3 号楼	
邮 编：	100078	
网 址：	http://www.pmph.com	
E - mail：	pmph @ pmph.com	
购书热线：	010-67605754　　010-65264830	
印 刷：	北京汇林印务有限公司	
经 销：	新华书店	
开 本：	850×1168　1/32　印张：2.125	
字 数：	42 千字	
版 次：	2008 年 11 月第 1 版　　2008 年 11 月第 1 版第 1 次印刷	
标准书号：	ISBN 978-7-117-10658-0/R·10659	
定 价：	8.00 元	

序

60多年前，世界卫生组织（WHO）就提出了健康三要素概念："健康不仅是没有疾病或不虚弱，且是身体的、精神的健康和社会适应良好的总称。"1989年，WHO又深化了健康的概念，认为健康包括躯体健康、心理健康、社会适应良好和道德健康。1999年，80多位诺贝尔奖获得者云集纽约，探讨"21世纪人类最需要的是什么"，这些人类精英、智慧之星的共同结论是：健康！

然而，时至今日，"没有疾病就是健康"仍是很多农民朋友对健康的认识，健康意识的阙如，健康知识的匮乏，健康行为的不足，使他们最易遭受因病返贫、因病致贫。

社会主义新农村建设，是中国全面建设小康社会的基础。"要奔小康，先保健康"，没有农民的健康，就谈不上全国人民的健康。面对9亿多农民的健康问题，我们可以做得更多！

为满足农民朋友对健康知识的渴求，基层卫生专家们积累多年工作经验，从农民朋友的角度出发，陆续将对有关重点传染病、常见慢性病、地方病、意外伤害等农村常见健康问题编写成普及性的大众健康丛书。首先与大众见面的是该套丛书的重点传染病系列。该丛书以问答的形式，图文并茂，通俗易懂，相信一定会为广大农民朋友所接受。

我们真诚地希望，这套丛书能有助于农民朋友比较清晰地认识"什么是健康"、"什么是健康行为"、"常见病如何预防"、"生了病该如何对待"等问题，从而做到无病先防、有病得治、病后康复，促进健康水平的提高。

　　拥有健康不一定拥有一切，失去健康必定失去一切！

中国工程院院士
浙江省科协主席

李兰娟

前 言

　　人可数日无食，却不可一日无水。水对于人的重要性不言而喻。但不卫生的水却同样可以让人失去健康。您想到过自己喝的水安全健康吗?

　　世界卫生组织的一项调查显示，全世界80%的疾病是由饮用被污染的水造成的。诧异之余，您是否知道：在我们周围，全国有3亿多农村居民存在饮水安全问题，政府正在着力解决。可见，我国饮用水的安全状况并不乐观，形势之严峻必须引起全社会的关注。

　　人不可以因噎废食，人同样也不可以饮鸩止渴。

　　要想喝水喝出健康来，必须依靠科学、相信科学，要让我们的群众认识安全饮用水，主动采取正确喝水、保护饮用水的行为。同时在当前全面推动健康新农村建设之际，我们也期待着农民饮用水安全问题的同步改善，毕竟新农村建设离开了安全的饮用水就犹如人失去了血液。要通过宣传、教育、引导，让我们的农民朋友掌握知识，以知识的力量去推动、完成安全饮用水的改造。

　　身为基层的疾控工作者，我们热爱农村，更深刻地感触到农民朋友们对饮用安全水的渴望。为此，我们编写了这本科普小读本，以问答的形式，简明易懂，图文并茂，力求在饮用水的选择、怎样饮用、水与疾病等健康相关问题上能给予农民朋友们一个正确的指引。保护饮用水的安全，人人有责。同时，也千万别让您不经意的日常陋习破坏了饮用水的安全性。

由于时间紧、经验不足和学术水平有限，谬误之处在所难免，敬请各位专业人士和广大读者批评指正。

编　者

2008年6月

目录

1. 什么是生活饮用水?..................................1

2. 什么是安全饮用水?..................................1

3. 饮用卫生安全水为什么很重要?....................2

4. 水在人体中起什么作用?............................2

5. 成人一天需要饮多少水?............................3

6. 人体水的供给，主要来源于哪些方面?............3

7 喝饮料能否代替喝水?................................4

8. 饮用什么水对身体最有好处?......................4

9. 什么是饮用纯净水?..................................5

10. 什么是饮用天然矿泉水?............................5

11. 购买瓶装饮用水应注意什么问题?................6

12. 如何喝水才能更有利于健康?......................6

13. 生活饮用水有哪些卫生要求?......................7

14. 饮用水有卫生标准吗?................................8

15. 《生活饮用水卫生标准》有哪些指标?............8

16. 《生活饮用水卫生标准》适用于哪些饮用水?....9

17. 居民习惯喝开水，自来水还需消毒吗?............9

18. 如何科学烧开水?....................................10

19. 什么是千滚水，能喝吗?............................11

20. 夏季应如何科学补水?..............................11

21. 清晨饮水有益健康吗?..............................12

22. 为什么有的水烧开后有白色沉淀物?............13

23. 如何除去水壶和热水瓶中的水垢?·····················13

24. 桶装水一定安全吗?应如何选购和使用?··············14

25. 饮水机需定期清洗消毒吗?··························14

26. 家用饮水机如何消毒?····························15

27. 什么是集中式供水?·····························16

28. 从水源水到自来水,需要经过哪些处理方法?··········16

29. 集中式供水要消毒吗?····························17

30. 饮水消毒的方法主要有哪些?·······················18

31. 消毒剂对人体有害吗?····························18

32. 什么是余氯,国家对自来水余氯有什么规定?··········19

33. 为什么自来水中要保证一定的余氯量?···············19

34. 水资源有哪些种类?·····························20

35. 什么是地表水,有什么特点?·······················20

36. 地下水是怎么形成的,有什么特点?···············20

37. 为什么地下水更要防止污染?·······················21

38. 农村自来水水源选择原则包括哪些方面?·············22

39. 水源选择的一般顺序?····························22

40. 水厂如何确定水源取水点?························23

41. 农村自来水也要化验吗?··························23

42. 村镇供水单位是按什么分类的?····················24

43. 村镇自来水出厂前有什么化验规定?···············24

44. 村镇自来水末梢水的化验有什么规定?·············25

45. 村镇水厂的水源水化验有什么规定?···············25

46. 什么是二次供水?·····························26

47. 为什么二次供水水质易受污染?····················26

48. 二次供水水箱或蓄水池设计有什么卫生要求?·········27

49. 水箱清洗有规定吗?............................27

50. 分散式供水方式有哪些?........................28

51. 分散式供水适宜选用的消毒剂有哪些?..........28

52. 分散式供水取水点有什么要求?..................29

53. 如何选择井址?................................29

54. 建造水井应考虑哪些卫生问题?..................30

55. 水质清澈, 还需化验吗?........................31

56. 哪里可以进行水质化验?........................31

57. 洪涝灾害期间, 如何保证家庭用水卫生?..........32

58. 如何保证井水卫生?............................32

59. 井水消毒如何计算漂白粉需要量?................33

60. 如何计算井中的水量?..........................33

61. 怎样使用漂白粉消毒井水?......................33

62. 井水如何持续消毒?............................34

63. 遭受污染的水井如何清洗消毒?..................35

64. 什么是供水管水人员?..........................35

65. 供水管水人员要进行健康体检吗?................36

66. 患有什么疾病的人员不能从事供水管水工作?......36

67. 未经体检或体检不合格从事供水管水工作,
    要承担什么法律责任?..........................37

68. 水源地保护有规定吗?..........................37

69. 对危害水源水质的作业要承担法律责任吗?........38

70. 地表水水源有什么防护要求?....................39

71. 地下水水源有什么防护要求?....................39

72. 涉及饮用水所用各种材料有什么管理规定?........40

73. 为什么水质采样容器要由专业检验机构提供?......41

74. 什么是水质的感官性状指标，包括哪些项目?⋯⋯⋯⋯⋯41

75. 感官性状指标有什么意义?⋯⋯⋯⋯⋯⋯⋯⋯⋯⋯42

76. 水中酸碱度超标说明了什么?⋯⋯⋯⋯⋯⋯⋯⋯⋯42

77. 什么是水的硬度，过高的硬度对人体有害吗?⋯⋯⋯⋯43

78. 饮用水铁超标有什么危害?⋯⋯⋯⋯⋯⋯⋯⋯⋯⋯44

79. 饮用水锰超标有什么危害?⋯⋯⋯⋯⋯⋯⋯⋯⋯⋯44

80. 饮用水铅超标有什么危害?⋯⋯⋯⋯⋯⋯⋯⋯⋯⋯45

81. 饮用水六价铬超标有什么危害?⋯⋯⋯⋯⋯⋯⋯⋯46

82. 饮用水中检出大肠菌群，说明了什么?⋯⋯⋯⋯⋯⋯46

83. 菌落总数化验有何意义?⋯⋯⋯⋯⋯⋯⋯⋯⋯⋯⋯47

84. 水污染主要来源于哪些方面?⋯⋯⋯⋯⋯⋯⋯⋯⋯47

85. 水体污染物主要有哪些?⋯⋯⋯⋯⋯⋯⋯⋯⋯⋯⋯48

86. 水体污染的主要危害有哪些?⋯⋯⋯⋯⋯⋯⋯⋯⋯48

87. 周围没有排污企业，水质一定安全吗?⋯⋯⋯⋯⋯⋯49

88. 与饮水有关的疾病有哪些?⋯⋯⋯⋯⋯⋯⋯⋯⋯⋯49

89. 什么是介水传染病，发生的原因是什么?⋯⋯⋯⋯⋯50

90. 介水传染病主要有哪些?⋯⋯⋯⋯⋯⋯⋯⋯⋯⋯⋯51

91. 介水传染病有什么特点?⋯⋯⋯⋯⋯⋯⋯⋯⋯⋯⋯51

92. 什么是蓝藻，危害大吗?⋯⋯⋯⋯⋯⋯⋯⋯⋯⋯⋯52

93. 什么是水俣病，发生的原因是什么?⋯⋯⋯⋯⋯⋯⋯52

94. 什么是痛痛病，发生的原因是什么?⋯⋯⋯⋯⋯⋯⋯53

95. 与饮水有关的地方病主要有哪些?⋯⋯⋯⋯⋯⋯⋯⋯54

96. 饮用水氟含量超标对人体有哪些危害?⋯⋯⋯⋯⋯⋯54

97. 水中氟含量达到多少时，可引起氟斑牙?⋯⋯⋯⋯⋯55

98. 氟斑牙有什么危害，能治愈吗?⋯⋯⋯⋯⋯⋯⋯⋯⋯55

99. 氟骨症的主要症状有哪些?⋯⋯⋯⋯⋯⋯⋯⋯⋯⋯56

100. 饮水中砷含量超标对人体有什么危害?⋯⋯⋯⋯⋯57

1. 什么是生活饮用水？

生活饮用水是指供人体生理所需的饮水、日常生活和涉水食品的用水。

 ## 2. 什么是安全饮用水？

哆.唻.咪

安全饮用水是指水质合格、水量适当、容易获取且终生饮用也不会对人体健康产生危害和风险的饮用水。

3. 饮用卫生安全水为什么很重要？

水是生命之源，获得安全饮用水是人类生存的基本需求。世界卫生组织调查指出，人类疾病中80%与水有关。水还是改善和提高生活质量的必备条件。因此，获得安全饮用水是保证人体健康的基本条件。

4. 水在人体中起什么作用？

别忘了喝水

人为什么会口渴呢？

水在人体中参与食物的消化和吸收；参与体内代谢及代谢产物的排泄；参与体温调节；保持关节、肌鞘器官的润滑和柔和等，是维持生命和新陈代谢必不可少的物质。

5. 成人一天需要饮多少水？

人体每日需要的水量，随年龄、气候和劳动强度等因素的不同而有差异。健康成人在一般条件下每日需要水的总量约2500毫升。

6. 人体水的供给，主要来源于哪些方面？

人体中的水，主要通过三个方面补给：饮水、食物中含的水和体内代谢产生的水。

7. 喝饮料能否代替喝水?

饮料与水不同，长期喝饮料是一个身体脱水的过程，而喝水是一个补水的过程，两者是完全不同的。长期喝饮料，能造成儿童的龋齿和肥胖。成年人过多饮用含咖啡因的饮料会使血压升高，心跳加快，产生失眠、忧虑等症状。

饮料能代替水吗?

8. 饮用什么水对身体最有好处?

自来水

现在市场上各种概念的水很多，如纯净水、矿泉水、天然水、蒸馏水、太空水、富氧水等。但适合我们长期饮用的水，应当是符合卫生标准的自来水，因为自来水中含有大量对人体有益的物质，是既安全又实惠的饮用水。

9. 什么是饮用纯净水？

饮用纯净水是以符合生活饮用水卫生标准的水为水源，采用蒸馏法、去离子法或离子交换法、反渗透法及其他适当加工方法制得的，密闭于容器中且不含任何添加物，可直接饮用的水。纯净水在去除水中有害物质的同时，也可能同时去除或降低水中有益健康的矿物质含量。

10. 什么是饮用天然矿泉水？

5

天然矿泉水是从地下深处自然涌出或经人工开采的未受污染的地下水。矿泉水含有一定量的矿物盐、微量元素或二氧化碳气体。优质的矿泉水，矿物盐含量适中，含有一种或几种特征微量元素，有利于人体健康，水质口感也较好。

山泉水真好喝

11. 购买瓶装饮用水应注意什么问题?

1．尽量购买大型生产企业生产的具有一定知名度的品牌产品。

2．查看产品标签是否有产品名称、厂名、厂址、净含量、生产日期、保质期以及各种微量元素及其含量等内容。

买瓶矿泉水

矿泉水

3．瓶的外观应光滑、清亮，透明度高，用手挤压塑料瓶身，瓶口无渗漏。

4．水体感官性状良好，无色、透明、清澈、无肉眼可见物。

12. 如何喝水才能更有利于健康?

人们喝水，一般常根据是不是口渴了而定，这是不合理的。口渴是大脑中枢发出要求补水的信号。口渴说明体内水分已经失衡，此时再补水，往往事倍功半。口渴后才喝水，就如同泥土龟裂了才灌溉，不利于植物的生长。喝水太多也不一定是好事，水太多会加重心血管负担，甚至会引起水肿。此外，体内水过多引起排尿量增加，人体内的矿物质也容易随着过量的尿液排走。因此，喝水最好养成定时定量的习惯。早晨人体经过一晚上休眠和蒸发，可以适当多喝一点水；晚上如果怕夜尿多造成肾负担，可适当少喝点水。

喝水也需要那么讲究吗？

13. 生活饮用水有哪些卫生要求？

生活饮用水的卫生要求是：①感官性状良好，必须透明、无色、无异味和异臭，无肉眼可见物；②流行病学上安全：不得含有病原微生物和寄生虫卵；③化学组成对人无害：水中所含的化学物质对人体不造成急性中毒、慢性中毒和远期危害；水中所含的人体必需元素不得过量与不足。

14. 饮用水有卫生标准吗？

  有的。新中国成立以来，我国对饮用水卫生安全十分重视，自1955年以来陆续出台和修订了相关规定，现行有效的标准是《生活饮用水卫生标准》（GB 5749－2006）。

15. 《生活饮用水卫生标准》有哪些指标？

  《生活饮用水卫生标准》（GB 5749－2006）卫生指标共有五类106项，其中常规指标42项。五类指标中微生物指标6项，常规4项；毒理指标74项，常规15项；感官性状和一般化学指标20项，常规17项；放射性指标常规2项；消毒剂指标常规4项。

16. 《生活饮用水卫生标准》 适用于哪些饮用水?

《生活饮用水卫生标准》适用于我国城市和农村的生活饮用水,不论是集中式供水还是分散式供水,都应符合该标准的要求。

城市、农村用水都要符合卫生要求

17. 居民习惯喝开水, 自来水还需消毒吗?

将水煮沸是一种行之有效的饮水消毒方法,但并非所有的人在所有地方或所有时间都能坚持。此外,用未经消毒的水漱口和洗涤生吃的蔬菜、水果,也是一个重要的疾病传播途径。因此，即使在有喝开水习惯的地区，供水还需消毒。

18. 如何科学烧开水？

水烧开后再沸腾3分钟左右为最佳。当水烧到沸点时，打开壶盖，2分钟后盖上继续烧1分钟，这样既可有效杀灭病原微生物，又能使水中的氯气及一些可挥发的有害物质被蒸发掉。

19. 什么是千滚水，能喝吗？

千滚水，就是烧沸了很长时间或反复煮沸的水。水经长时间的煮沸，水中的不易挥发物质，如钙、镁等重金属成分和亚硝酸盐含量增高，长期饮用，不利于人体健康。因此，千滚水不能喝。

这水再烧烧喝

千滚水不能喝

20. 夏季应如何科学补水？

夏天炎热，人体排汗多，相对其余季节而言，需要补充更多水分。那么，夏季该如何饮水才有利于身体健康呢?首先，大量出汗后，尽管口渴，也切勿贪图一时痛快而快速、大量喝水，而应稍作休息后适量地饮水；其次，大量出汗后，要适量补充些稀盐水，适量进食些新鲜瓜果；不宜喝大量过凉的冷饮。

21. 清晨饮水有益健康吗？

清晨饮水，有益健康。

首先，它可补充夜间失去的水分；其次，有助于降低血液黏稠度，净化血液，增加血管弹性，促使血管扩张，加快血液循环，有利于高血压、脑栓塞等疾病的防治；再次，它可以清洁肠道，防止因粪便淤积而引起的便秘。

清晨饮水最好空腹，量约300毫升，以温白开水为最佳选择。

22. 为什么有的水烧开后有白色沉淀物？

日常生活中所使用的水都有一定的硬度，如水硬度过高，在加热时，钙离子和镁离子的不溶性碳酸盐（碳酸钙和碳酸镁）就会从水中析出。从水中析出的盐类物质由于化学成分、结晶状态和析出的条件不同，可能形成水垢，也可能形成水渣——沉于水底的白色沉淀物。

23. 如何除去水壶和热水瓶中的水垢？

加我就可以去除

我结水垢啦！

将适量醋加入烧水的水壶中，烧1小时左右，水垢即可清除。热水瓶中的水垢也可用醋加热水浸泡后去除。

24. 桶装水一定安全吗？
应如何选购和使用？

与自来水相比，桶装水被认为干净、安全。然而，我国某地质量监督部门抽检686批次瓶(桶)装饮用水产品，合格率仅为77%。专家提醒消费者：桶装水的质量不单与生产环节有关，水源、水桶、使用过程等任何一个环节都有可能造成污染。因

此，在选购和使用桶装饮用水时应注意以下几点：应购买标注有QS准入标志、市场上有一定知名度的产品，千万不要购买无证产品；即使是质量较好的桶装饮用水，开封后放置时间太长也易孳生细菌，应尽量在最短的时间内饮用。

25. 饮水机需定期清洗消毒吗？

饮水机在长期的使用过程中，受各方面因素的影

响，会引起污染，危害人体的健康，因此，饮水机需定期清洗消毒。

纯净水

该洗洗啦!

26. 家用饮水机如何消毒？

切断饮水机电源，取下水桶，放空饮水机腔内的剩余水，特别注意要打开饮水机背后的排污管，将剩余水彻底排净。用中性清洁剂清洗机体表面和托盘等部件。用镊子夹住酒精棉花，仔细擦洗饮水机机芯和盖子的内外侧。将专业消毒剂溶解到水中，充盈饮水机腔体，留置10~15分钟。打开饮水机的所有开关，包括排污管和饮水开关，排净消毒液。清水连续冲洗饮水机整个腔体，打开所有开关排净冲洗液体。反复冲洗多次，直至没有异味。

27. 什么是集中式供水？

自水源取水，经过净水工艺流程后，通过输配水管网送到用户或者公共取水点的供水方式称为集中式供水。为用户提供日常饮用水的供水站和为公共场所、居民社区提供的分质供水也属于集中式供水。

28. 从水源水到自来水，需要经过哪些处理方法？

生活饮用水的水源水，不论取自何处，都不同程度地含有各种各样的杂质，因此要通过物理、化学的方法进行净化和消毒。常规净化工艺过程包括混凝沉淀（或澄清）→

过滤→消毒。如地下水的水质好，可直接进行消毒。若水源水中含过量的铁、锰、氟等，则需特殊处理。

水源水要通过净化、消毒处理后才能成为生活饮用水

29. 集中式供水要消毒吗？

要消毒。《生活饮用水卫生标准》明确规定，生活饮用水应经消毒处理。

我们喝的水是经水厂消过毒的安全水哦

水缸

30. 饮水消毒的方法主要有哪些?

我国目前饮用水消毒的方法主要有氯化消毒、二氧化氯消毒、氯胺消毒、紫外线消毒和臭氧消毒。

饮用水

氯化消毒
二氧化氯消毒
氯胺消毒
紫外线消毒
臭氧消毒

31. 消毒剂对人体有害吗?

目前,我国使用的消毒剂绝大部分是含氯消毒剂。氯是一种强氧化剂,在消毒过程中可产生化学副产物,含量过高对人体有一定的危害,因此,在达到使用目的的前提下,应尽量减少使用量。

在使用我消毒时可不能过量哦

漂白精溶液

漂白粉

32. 什么是余氯，国家对自来水 余氯有什么规定？

余氯是指氯投入水中后，除了与水中微生物、有机物、无机物等作用消耗一部分氯外，还剩余氯的量。我国《生活饮用水卫生标准》规定：集中式给水出厂水余氯应不低于0.3毫克/升，管网末梢水不低于0.05毫克/升。

33. 为什么自来水中要保证 一定的余氯量？

为了有效抑制配水管网中细菌（如大肠杆菌）等微生物繁殖而影响供水水质，必须保证自来水在到达用户时存有一定的余氯量。

消毒剂　　细菌

34. 水资源有哪些种类？

地球上的天然水资源有降水、地表水和地下水三类。

35. 什么是地表水，有什么特点？

地表水是降水在地表径流和汇集后形成的水体，包括江河水、湖泊水、水库水等。其特点是：水质较软，含盐量较少，水量和水质受流经地区地质环境和人类活动的影响较大。

降水

36. 地下水是怎么形成的，有什么特点？

地下水是由降水和地表水经土壤地层渗透到地面以下而形成。地表水在渗透过程中，一方面会过滤和吸附掉一些污染物，使污染物含量降低；另一方面也会析出

地下水

一些矿物质，使地下水矿化度增高。因此，一般情况下，地下水水质较好，但矿化度高，多属硬水。

37. 为什么地下水更要防止污染？

地下水尤其是深层地下水一旦遭受污染，即使查明了污染原因，消除了污染源，但由于其自净能力差，需经较长时间治理才能消除污染。因此，在打井及日常生活中要防止地下水遭受污染。

38. 农村自来水水源选择原则
包括哪些方面？

农村自来水水源选择一般应考虑以下几个方面：水质符合国家有关饮用水水源水质的规定；水量充足，保证村民枯水期用水量；便于防护，保证饮用水水源不受污染；经济合理，尽量接近主要用水地以节省工程造价。

39. 水源选择的一般顺序？

为便于选好水源，除依照水源选择原则外，一般应按以下顺序选择：地下水依次为泉水、深井水、浅井水；地面水依次

泉水

为水库水、湖泊水、河水、山溪水、池塘水。

40. 水厂如何确定水源取水点？

以水库水为水源，取水点宜选择在远离支流汇入口，靠近大坝的水面下3米处；以河水为水源，取水点宜设在污水、农田灌溉水排入口的上游，河床稳定、水位较深的河水主流地带；以湖泊为水源，取水点宜选在离支流远一些的湖泊出口附近。

41. 农村自来水也要化验吗？

村镇供水单位资质标准（SL 308－2004）规定，供水单位应建立水质检验制度，定期对水源水、出厂水和管网末梢水进行水质检验。一、二、三类供水单位应建立水质化验室；四类供水单位应逐步具备检验能力；五类供水单位应有人负责水质检验工作。

水质化验室

42. 村镇供水单位是按什么分类的?

　　村镇供水单位是按实际日供水量进行分类的。水厂实际日供水量大于10000吨的为一类；供水量在5000～10000吨的为二类；供水量在1000～5000吨的为三类；供水量在200～1000吨的为四类；供水量小于200吨的为五类。

43. 村镇自来水出厂前有什么化验规定?

　　自来水出厂前感官性状指标、pH以及氟化物、砷、铁、锰、溶解性总固体或耗氧量等超标且有净化要求的项目每日检测一次；细菌总数、总大肠菌群按水厂类型的不同，每日、每周或每半月检测一次；消毒控制指标

（如余氯）每班或每日检测一次；全分析则每月、每季或每年检测一次。

44. 村镇自来水末梢水的化验有什么规定？

自来水末梢水的感官性状指标、pH、细菌学指标、消毒控制指标的化验一、二、三、四类水厂均每月两次，五类水厂每月一次；全分析化验　类水厂每季一次，二类水厂每年两次，三类、四类水厂每年一次，五类水厂视情况而定。

45. 村镇水厂的水源水化验有什么规定？

以地表水为水源水的，感官性状指标及pH要每日检测一次；氟化物、砷、铁、锰、溶解性总固体或耗氧量等超标且有净化要求的项目每周检测一次；细菌总数、总大肠菌群按水厂类型不同每周、每月检测一次；全分析则每月、每季或每半年检测一次。地下水因其水质较地表水稳定，检测频率相对较地表水低。

46. 什么是二次供水？

集中式供水在入户之前经再度储存、加压和消毒或深度处理，通过管道或容器输送给用户的供水方式为二次供水。例如，用户楼顶水箱、高层建筑加压供水的蓄水池供水，均属二次供水。

26

47. 为什么二次供水水质易受污染？

二次供水由于增加了贮水这一环节，因而也就多了一个可能引起污染的环节。水箱如设计不合理、建造材料不符合要求、管理不善等都易造成水质污染。我国某地由于自来水二次加压蓄水池溢流管道止水阀失灵，致使污水返流到蓄水池，造成该小区千余居民出现上吐下泻的中毒症状。

48. 二次供水水箱或蓄水池设计有什么卫生要求?

饮用水箱（或蓄水池）应专用，不得渗漏；水箱入孔位置和大小要满足水箱内部清洗消毒工作的需要，并加盖上锁；溢水管与泄水管均不得与下水管道直接连通；水箱的材质和内壁涂料应无毒无害；水箱的容积设计不得超过用户 48 小时的用水量；水箱不得与市政供水管道直接连通；水箱管道不得与非饮用水管道连接。

二次供水箱在设计上有卫生要求

49. 水箱清洗有规定吗?

《二次供水设施卫生规范》规定：管理单位每年应对设施进行一次全面清洗、消毒，并对水质进行检验，及时发现和消除污染隐患，保证居民饮水的卫生安全。

50.分散式供水方式有哪些？

分散式供水是指分散居户或以联户方式直接从水源取水，无任何净水设施或仅有简易净水设施的供水方式。其供水方式主要有浅井、深井、插管井、泉水、河水、塘水、窖水等。

51.分散式供水适宜选用的
消毒剂有哪些？

分散式供水一般都是分散居户直接从水源取水，因而水质消毒宜选用价格实惠、操作方便的消毒剂，常用的有漂白粉、漂白精粉、漂白精片等。

漂白粉

漂白精粉

漂白精片

52. 分散式供水取水点有什么要求？

分散式供水取水点（或取水码头）应设置在避开岸边污染的地带，并尽可能向河、溪、山泉、湖或塘的中心延伸。

取水点应避开污染！

53. 如何选择井址？

选择井址应从水量、水质及便于防护和使用方便等方面加以考虑。为了防止污染，水井应尽可能设在地下水污染源上游，地势高，不易积水，周围20~30米内无渗水厕所、粪坑、畜圈、垃圾场等污染源地带。

54. 建造水井应考虑哪些卫生问题？

建造水井时，井底应铺垫卵石和粗砂，或多孔水泥板，以便定期淘洗；井壁应选用砖、石等材料砌成，井底以上高约1~3米的井壁，外周充填厚约30~60厘米的沙砾，以利地下水渗入，离地面1~3米的井壁，周围应以黏土或水泥填实，内面用水泥沙浆抹平，以防污水渗入；井台半径1~3米，用不透水材料建造，并且应便于排水；井栏一般高出地面0.3~0.5米，以防污水溅入和地面垃圾尘土吹入井内，并保证取水方便和安全；井口应加盖或建井房，以防禽畜接近水井。

55. 水质清澈，还需化验吗？

是的。清澈的水不一定未受到污染，因为水中的微生物及一些有毒物质都是肉眼看不见的，只有通过化验，才能发现。

56. 哪里可以进行水质化验？

一般来说，自来水厂都有自备的化验室，可进行水质化验。另外，全国各地的疾病预防控制中心均可进行水质化验。

水质化验请进！

疾病预防控制中心

57. 洪涝灾害期间，如何保证
家庭用水卫生？

洪涝灾害期间水体遭受污染，饮用水必须经过净化和消毒处理。具体方法是：一担水（50千克）加明矾或碱式氯化铝2.5～4克，搅拌1～2分钟，静置10分钟左右，使水澄清，弃底下沉淀物，然后取漂白精片一片（按每片含有效氯0.2克计算）研细，用清水调成糊状倒入需要消毒的水中，充分搅拌，加盖静置30分钟后使用。

58. 如何保证井水卫生？

井水，尤其是浅井水，污染的机会多，为保证饮水卫生，每天应进行定时消毒。水质清澈的井水，不必预先混凝沉淀，可直接投加消毒剂消毒。

59. 井水消毒如何计算漂白粉需要量？

用漂白粉消毒清洁的井水，漂白粉用量一般为每吨（立方米）水加4～8克漂白粉（按有效氯含量为25%计算），洪涝灾害期间井水遭受污染，每吨水可用20克，或者按说明书投加。

60. 如何计算井中的水量？

井水量计算方法如下：

圆井水量（吨）=［井内直径（米）］^{2}×水深（米）×0.8

方井水量（吨）=边长（米）×边宽（米）×水深（米）

61. 怎样使用漂白粉消毒井水？

先按井水量计算漂白粉用量，将所需的漂白粉放入容器中，加少许水调成糊状，再加适量的水，静置10分钟，将上清液倒入井水中，并用取水桶上下振荡数次混合，30分钟后使用。井水消毒一般每天两次：早晨用水前及午后，家庭用水可每日消毒一次。

漂白粉

62. 井水如何持续消毒？

取1个塑料瓶，在瓶体上开若干个小孔，一般按每吨井水开小孔2～3个，直径约0.4厘米，内装一次消毒量20～30倍的漂白粉，拧紧瓶口，然后另取1个空瓶作为浮标，用绳系上，使消毒瓶悬在井中水面下40厘米左右，并经常振荡以利消毒药物溢出。此法一次投药，可持续10～20天的消毒效果。

40cm

63. 遭受污染的水井如何清洗消毒？

被洪水淹没过的水井重新启用前必须清理消毒。先将水井掏干，清除淤泥，用清水冲洗井壁、井底，再掏尽污水。待水井自然渗水到正常水位后，进行过量氯消毒，浸泡12～24小时后，抽出井水，再待自然渗水到正常水位后，按正常消毒方法消毒，检验合格后方可投入正常使用。

 ## 64. 什么是供水管水人员？

供水管水人员是指供水单位直接从事供水、管水的人员，包括从事净水、取样、检验、二次供水卫生管理及水池、水箱清洗消毒人员。

65. 供水管水人员要进行健康体检吗?

《生活饮用水卫生监督管理办法》第十一条规定:直接从事供、管水的人员必须取得体检合格证后方可上岗工作,并每年进行一次健康检查。

66. 患有什么疾病的人员不能从事供水管水工作?

《生活饮用水卫生监督管理办法》第十一条规定:凡患有痢疾、伤寒、病毒性肝炎、活动性肺结核、化脓性或渗出性皮肤病及其他有碍饮用水卫生的疾病和病原携带者,不得直接从事供、管水工作。

新农村防病知识丛书

67. 未经体检或体检不合格从事供水管水工作，要承担什么法律责任？

《生活饮用水卫生监督管理办法》规定，集中式供水单位安排未取得体检合格证明的人员从事直接供、管水工作的，县级以上地方人民政府卫生行政部门应当责令限期改进，并可对供水单位处以20元以上1000元以下的罚款。

从事供、管水工作的人员必须取得体检合格证

37

68. 水源地保护有规定吗？

《中华人民共和国水污染防治法》、《生活饮用水

卫生监督管理办法》均规定，禁止向生活饮用水地表水源一级保护区的水体排放污水、从事旅游、游泳和其他可能污染生活饮用水水体的活动；禁止新建、扩建与供水设施和保护水源无关的建设项目。

69. 对危害水源水质的作业要承担法律责任吗？

《生活饮用水卫生监督管理办法》规定，在饮用水水源保护区修建危害水源水质卫生的设施或进行有碍水源水质卫生的作业的，县级以上地方人民政府卫生行政部门应当责令限期改进，并可处以20元以上5000元以下的罚款。

70. 地表水水源有什么防护要求？

取水点周围半径100米的水域内，严禁捕捞、网箱养殖、停靠船只、游泳和从事其他可能污染水源的任何活动。取水点上游1000米至下游100米的水域不得排入工业废水和生活污水；其沿岸防护范围内不得堆放废渣，不得设立有毒、有害化学物品仓库、堆栈，不得设立装卸垃圾、粪便和有毒有害化学物品的码头，不得使用工业废水或生活污水灌溉及施用难降解或剧毒的农药，不得排放有毒气体、放射性物质，不得从事放牧等有可能污染该段水域水质的活动。

71. 地下水水源有什么防护要求？

在井的影响半径范围（30米）内，不得使用工业废水或生活污水灌溉和施用难降解或剧毒的农药，不得修建渗水厕所、渗水坑、不得堆放废渣或铺设污水渠道，并不得从事破坏深层土层的活动。人工回灌的水质应符合生活饮用水水质要求。

污水沟离水井再远点！

72. 涉及饮用水所用各种材料有什么管理规定？

凡是在饮用水生产、供水过程中与水接触的各种材料称涉及饮用水卫生安全产品（简称涉水产品）。国家对涉水产品实行卫生许可制度；对涉及饮用水卫生安全的产品，必须进行卫生安全性评价。凡涉及饮用水卫生安全的进口产品，须经卫生部审批后，方可进口和销售。

我已通过卫生安全性评价，放心用我喝水哦！

73. 为什么水质采样容器要由专业
检验机构提供？

采集水样的容器可用硼硅玻璃瓶或聚乙烯塑料瓶，采集微生物指标的容器除清洗浸泡之外，还需经高压蒸汽灭菌。理化项目应按待检组分的特性选择合适的容器和清洗浸泡方式。因此采集水样的容器一般由专业检验机构提供。

74. 什么是水质的感官性状指标，
包括哪些项目？

感官性状指标就是指凭人的感觉器官就能察觉到的指标，包括浑浊度、色度、肉眼可见物、臭和味。

75. 感官性状指标有什么意义?

天然水是无色、无臭、无味、透明的液体。我们评价一个水样，首先就是看水的感官性状。水的颜色不正常，往往提示水中有化学或生物污染物；浑浊度高可导致某些化学有害物质、细菌、病毒的含量增高；如有异臭和异味，提示水体已受到污染，水体中可能存在着对人体有害的化学物质和致病菌。

76. 水中酸碱度超标说明了什么?

天然水的酸碱度（pH）一般在7.2～8.5之间。当大量酸性或碱性废水排入水体时，水的pH可发生明显变化；当水体受大量有机物污染时，可使水的pH降低；当水中含有丰富的藻类时，pH往往会升高。

77. 什么是水的硬度，过高的硬度对人体有害吗？

硬度是指溶于水中的钙、镁盐类的总含量。硬度过高的水会造成人体肠胃功能紊乱。

硬度过高的水对肠胃功能会造成紊乱

78. 饮用水铁超标有什么危害？

　　铁化合物属低毒或微毒，饮用水中铁含量过高，不仅影响水的感官性状，使色度和浑浊度增高并产生异味，而且还可引起人体胃肠道功能紊乱。

79. 饮用水锰超标有什么危害？

　　锰超标会影响人的中枢神经，过量摄入对智力和生殖功能有影响。水中有微量锰时，呈黄褐色。锰的氧化物能沉积在水管壁上，遇到水压波动时可造成"黑水现象"。当水中锰超过0.15毫克/升时，能使衣服和白色瓷器设备着色。

80. 饮用水铅超标有什么危害?

铅会严重影响人体的健康，损伤人体肝、肾、大脑、人体骨骼及血液等。铅对儿童的影响更严重，过量的铅会导致儿童永久性认知能力丧失、反应迟钝甚至大脑损伤，还会损害造血系统，引起贫血。铅中毒会造成成人高血压病症及生殖功能障碍。对孕妇而言，胎儿更容易受到铅的毒性影响。例如2006年，我国某地发生一起有色金属冶炼公司超标排污引起的铅中毒事件，368人血铅超标。饮水中铅含量达0.1毫克/升时，可使大量儿童的血铅浓度超过推荐的上限值0.3毫克/升。

饮用水铅超标

81. 饮用水六价铬超标有什么危害？

六价铬化合物在高浓度时具有明显的局部刺激作用和腐蚀作用，并能经胃肠道、呼吸道和皮肤吸收；在低浓度时是常见的致敏物质。铬在体内具有一定的积蓄作用和致癌作用。

82. 饮用水中检出大肠菌群，说明了什么？

当水样中检出大肠菌群，尤其是检出大肠埃希菌或耐热大肠菌群时，最大程度地说明水体受到了温血动物的粪便污染，有肠道传染病发生的可能，应加强水质消毒。

大肠杆菌

83. 菌落总数化验有何意义？

水中菌落总数可作为评价水质清洁程度和考核净化效果的指标，菌落总数增多说明水体被污染或净化效果不佳。

84. 水污染主要来源于哪些方面？

水污染主要来源于工业废水，其次为生活污水、农业污水等。有时化学物质泄漏或核放射事故，也可能造成水体污染。如2005年底，北方某企业发生爆炸事故，造成大约100吨苯类污染物注入松花江，造成以此河水为水源的某城市停水4天。

十年前

十年后

85. 水体污染物主要有哪些？

　　水体中的污染物主要是各种病原体、霉菌、藻类等生物性污染物；铅、汞、镉、铬、砷、氮、磷、氰化物及酸、碱、盐、苯、酚、石油等化学性污染物及热污染和放射性污染物等。

86. 水体污染的主要危害有哪些？

　　病原体污染水体，可引起疾病的暴发与流行；有毒化学物质污染水体，可使接触人群发生急慢性中毒；富营养化水体中的藻类，不仅会破坏水体生态环境，某些藻类产生的毒素也可引起人体中毒；一些固体悬浮物和工业冷却水污染，虽然不会对人体健康产生直接危害，但可使水质感官性状恶化，

工业废水

藻类及毒素

细菌

有毒化学物质

病毒

破坏水生生物间的平衡关系，从而影响水体的自净能力和水的正常利用。

87. 周围没有排污企业，水质一定安全吗？

不一定。因为虽然没有企业排放的污染物，但不同的地方，地球表面的地质化学元素分布不均，过多、过少或比例失常，可引发当地人特有的地方病。此外，生活污水、农田灌溉污水都能造成水体污染。

88. 与饮水有关的疾病有哪些？

与饮水有关的疾病主要有地方病、介水传染病、有毒化学物质污染所引起的急性和慢性中毒。

地方病　介水传染病

有毒化学物质引起的急慢性中毒

89. 什么是介水传染病，发生的原因是什么？

　　介水传染病是通过饮用或接触受病原体污染的水而传播的疾病，又称水性传染病。其主要原因是水源受病原体污染后，未经妥善处理和消毒即供居民饮用，或处理后的饮用水在输配水和贮水过程中重新被病原体污染所致。

90. 介水传染病主要有哪些？

最常见的介水传染病有霍乱、伤寒、痢疾、甲型病毒性肝炎、隐孢子虫病等肠道传染病及血吸虫病、贾第虫病等寄生虫

病。介水传染病一般以肠道传染病多见。如1988年发生在上海等地的甲型肝炎暴发流行是由于吃了受甲肝病毒污染的毛蚶所致；2003年发生在广东某地的学生副伤寒流行事件，是由于肠道致病微生物污染水体所致。

51

91. 介水传染病有什么特点？

介水传染病的特点是：①水源遭受一次严重污染后，可出现暴发流行，短期内突然出现大量病人，若水源经常受污染，则发病者可终年不断。②病例分布与供水范围一致。大多数患者都有饮用或接触同一水源的历史。③一旦对污染源采取处理措施，并加强饮用水的净

化消毒后，疾病的流行能迅速得到控制。

安全卫士

污染源

92. 什么是蓝藻，危害大吗？

　　蓝藻是一种最原始的单细胞藻类植物，种类繁多，主要分布在淡水中。在一些营养丰富的水体中，蓝藻常于夏季大量繁殖，对水生动物有很大危害，蓝藻死亡后还会产生某种毒素，污染水体并发出异臭。2007年，国内某一大淡水湖蓝藻暴发，造成以该湖为主要饮用水源的某市百万人口饮水困难。

93. 什么是水俣病，发生的原因是什么？

　　水俣病是世界上第一个出现的由环境污染所致的公

害病。由于此病最早发现于日本水俣市，故称水俣病。其主要症状为肢端麻木、感觉障碍、视野缩小、智力低下。原因是含有甲基汞的工厂废水排放到海湾后经过食物链的作用，甲基汞富集到鱼贝类体内，人和动物因食鱼贝类而引起甲基汞中毒。

94. 什么是痛痛病，发生的原因是什么？

痛痛病也是一种公害病，最早发现于日本。因为病人患病后全身非常疼痛，终日喊痛不止，因而取名"痛痛病"。原因是含镉废水污染了水体，并使所种植的稻米含镉。而当地居民长期饮用受镉污染的河水，以及食用含镉稻米，致使镉在体内蓄积而中毒致病。

95. 与饮水有关的地方病主要有哪些？

发生在某一特定地区，和一定的自然环境有密切关系的疾病称为地方病。与饮水有关的地方病有地方性氟中毒、地方性砷中毒、碘缺乏病等。

96. 饮用水氟含量超标对人体有哪些危害？

长期摄入氟含量超标的饮用水会引起机体慢性中毒，即氟中毒。该病主要影响人体的硬组织，如牙齿、骨骼，临床表现为氟斑牙和氟骨症，以及非骨相氟中毒如神经系统损害、骨骼肌及肾损害。

氟中毒影响人的
主要部位为：

牙

骨骼

97. 水中氟含量达到多少时，可引起氟斑牙？

水中氟含量与氟斑牙率的关系大致是：水中氟含量在0.5毫克/升以上时，开始出现氟斑牙；在1.0毫克/升时，氟斑牙发生率可达20%～30%；在2.0毫克/升时，可高达80%。

98. 氟斑牙有什么危害，能治愈吗？

氟斑牙是慢性氟中毒最敏感而突出的症状。轻、中度氟斑牙时，仅在牙釉质表面出现白色、黄褐色斑块；重度氟斑牙时，多数牙甚至全口牙出现黄褐色斑块，牙面失去光泽，同时有不规则的釉质缺损，影响美观，给患者造成心理负担。氟斑牙一旦形成，即使迁出高氟水区，也终身不变。

正常牙齿　　　　　　　　氟斑牙

99. 氟骨症的主要症状有哪些？

　　氟骨症是氟中毒较严重的表现之一，主要表现为腰腿痛、骨关节疼痛而僵直、骨骼变形及脊神经根受压迫一系列临床症状和体征。病程较长者可出现脊柱、四肢关节强直，脊柱侧弯或驼背，膝关节内翻或外翻，影响人的生活与劳动。

100. 饮水中砷含量超标对人体有什么危害？

　　长期摄入砷含量超标的饮用水会引起机体慢性中毒，即砷中毒，古语俗称砒霜中毒。砷中毒可引起皮肤、周围神经损伤、肝坏死或心血管疾病，严重的可导致皮肤癌和多种内脏癌。